Nozomi Mino Presents

KÜSSE & SCHÜSSE

Verliebt in einen Yakuza

Charaktere

Juniorboss

Toshiomi Oya

Oya ist der Juniorboss des Oya-Clans. Er ist ein sehr höflicher und kultivierter Mann. In der Unterwelt würde sich jedoch niemand trauen, sich ihm zu widersetzen. Ist von Yuri besessen, seitdem ihr Mut ihn schwer beeindruckt hat.

Studentin

Yuri

Yuri ist Studentin. Sie hat einen starken Sinn für Gerechtigkeit. Nach dem Attentat auf Oya hat sie sich entschlossen, seine Geliebte zu werden.

Was bisher geschah

Nach dem Attentat auf den Yakuza-Juniorboss Toshiomi Oya ist die Studentin Yuri bereit, sich seiner leidenschaftlichen Liebe hinzugeben. Sein Leben mag zwar gefährlich sein, doch sie geht das Risiko ein und wird seine Geliebte.

Ihre Gefühle füreinander werden immer stärker und stärker. Während ihrer Reise nach Shanghai werden sie jedoch von dem russischen Mafia-Boss Semilio angegriffen. Während sich Oya ein Feuergefecht mit Semilio liefert, bangt Yuri, die allein zu Hause ist, um sein Überleben. Yuri leidet Höllenqualen. Als Oya am Morgen endlich zurückkehrt und unverletzt ist, erkennen die beiden, dass ihre gegenseitige Zuneigung noch stärker geworden ist.

Nach dieser turbulenten Reise hat Oya ein Anwesen vorbereiten lassen, in dem sie ihre Zeit in trauter Zweisamkeit genießen können.

Schuss
11

Vielen Dank für eure zahlreichen
Briefe zu »Küsse & Schüsse«!

Twitter

@nozomi_mino
Hier findet ihr Ankündigungen und Skizzen zum Manga.

@monthly_cheese
Das ist der offizielle Account der Redaktion von Cheese! Ab und zu poste
ich hier Twitter-exklusive Bilder, darum schaut doch mal vorbei.

8

Dodomm

Kh

Kgnh!

Ich bin dir nicht mehr böse.

Für dich ...

... hat es sich doch auch außerordentlich gut angefühlt.

»Jetzt liegt es an dir, meine Stimmung wieder zu heben.«

N... Nein!

Fwuaah

Oder hast du es bereits vergessen?

Äh ?!

Gut.

Aber ...

Letzte Nacht war doch phänomenal.

Wupp

Wupp

9

Viel lieber möchte ich dich verwöhnen.

Okay?

Ratter

Ich will nicht sauer sein.

Wie schön, dass er sich mit einem Lächeln auf den Lippen von mir verabschiedet!

Also trink nicht so viel, ja?

Mach ich.

Bin ich erleichtert!

Wamm

Ungh

In diesem Semester hat sie mit Judo angefangen.

⁴˼" Slrp   ⁴˼" Slrp

Wow, nicht übel!

Ja!

Den Kopf tiefer!

... obwohl ich kein ordentliches Mitglied bin!

Danke für das Training ...

Hier, zur körperlichen und mentalen Stärkung!

DO   Domp

Oh, schon vorbei?

Jawohl! Vielen Dank noch mal!

Das wäre nicht nötig gewesen. Komm gut heim.

Geben wir auch in der zweiten Hälfte Gas!

Wie süß und stark sie ist! Und dann noch die Sportgetränke!

Ich hatte mich und meine Kraft überschätzt.

Gwapp

Deshalb wollte ich ein Training zur Auffrischung machen.

Wieso trainierst du eigentlich so hart, Yuri?

Was? Doch! Wieso?

Also nicht zur neuen Konditorei?

Das wird alles wieder abtrainiert.

Pff ha!

Ach so?

Mhm?

Willst du eine Judoka werden?

Aber nein.

12

Neulich hab ich mich mit dem Alkohol total blamiert.

Uwaah!

Schau mal, was die für Pfannkuchen haben!

Aber mein größtes Versagen war wohl ...

... doch nicht so stark bin, wie ich dachte.

Zuvor musste ich in Shanghai feststellen, dass ich ...

... dass ich Oya geschlagen habe.

Bwamm

Eigentlich hatte ich mir vorgenommen, mit allem allein zurechtzukommen.

Kgh

Ich wusste, dass er ein äußerst riskantes Leben führt und trotzdem ...

... hab ich mich auf ihn eingelassen.

Argh

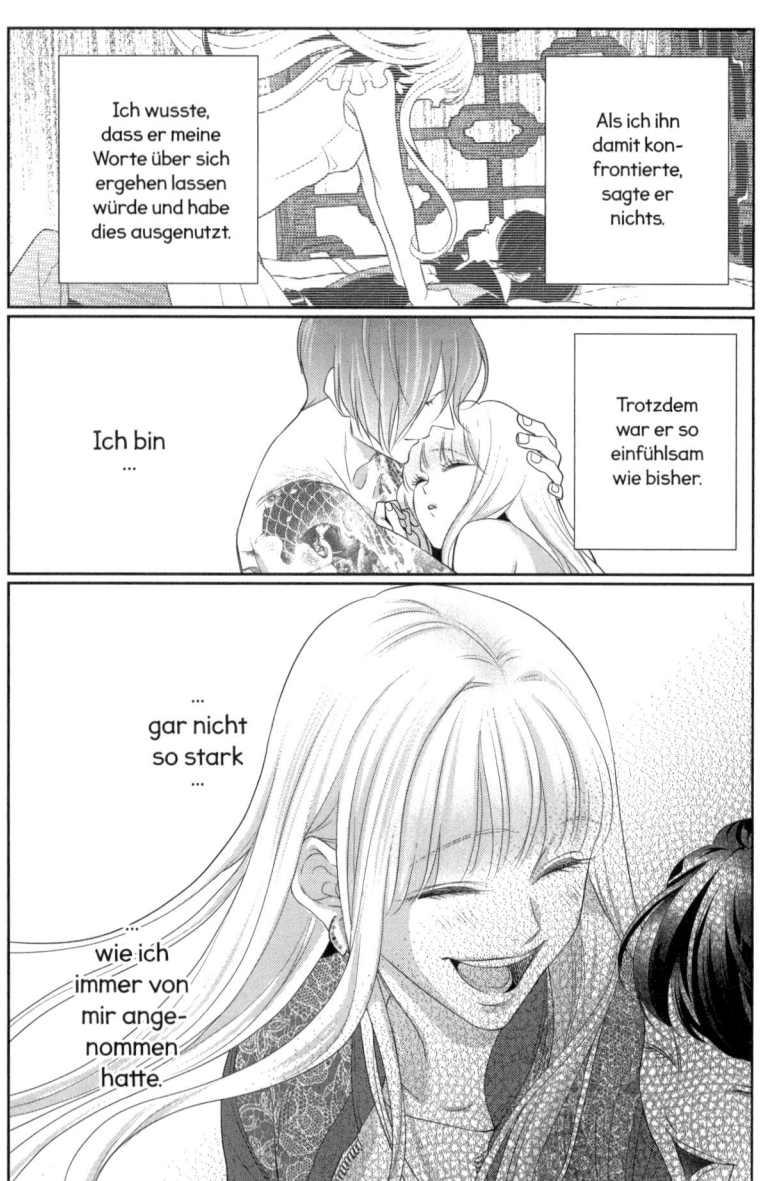

Ich wusste, dass er meine Worte über sich ergehen lassen würde und habe dies ausgenutzt.

Als ich ihn damit konfrontierte, sagte er nichts.

Ich bin
...

Trotzdem war er so einfühlsam wie bisher.

... gar nicht so stark ...

... wie ich immer von mir angenommen hatte.

Das bin ich doch gar nicht.

Wie stark willst du noch werden?

... damit Oya nie wieder so ein Gesicht machen muss.

Von nun an werde ich besser darauf achten, was ich tue ...

Aber ...

Allerdings ...

... muss ich echt aufpassen, dass ich nicht zu viel trinke.

Selbsterkenntnis

Sakura!

... ich werde noch richtig stark werden!

Oh, mein Fehler.

Das ist unser Neuzugang, Sakura. Sie ist sehr vielversprechend.

Fwupp

Ach, ja, Herr Oya!

Du heißt ...

Die ...

... Yuri, nicht wahr?

... verehrte Besitzerin!

Welch Zufall, nicht?

»Sakura wird nie wieder hierher zurückkehren.«

Ich bin einfach verschwunden, ohne mich zu verabschieden.

Ich bin dir nicht böse.

Schau nicht so.

Hi hi

Ja? Okay!

Wie hübsch sie ist! Ich hab Yuri zwar vermittelt, aber ich kannte sie nicht.

Dodommm

Dodommm

Dodommm

Dodommm

Die »verehrte Besitzerin« des Ladens?

Oh, Mist!

Das habe ich Herrn Oya versprochen.

Keine Angst, ich zwinge dich nicht zurückzukommen.

Hm?

Hättest du Zeit

...

...

zum Plaudern?

Okay.

Geh nur!

Bitte!

So zaghaft kenn ich sie nicht.

Bitte verzeihen Sie mir!

Verehrte Besitzerin!

... meinen Eltern. Manchmal helfe ich aus.

Oh, danke dir! Er gehört ...

Der sieht nett aus!

Haben Sie etwa einen zweiten Laden?

Sie möchte mir den Laden ihrer Eltern zeigen.

Wirklich? Danke!

Er ist noch zu, aber du darfst hinein.

Er ist mein ganzer Stolz.

Dürfte ich ...

Wie schön!

... auch auf ein Gläschen hineinkommen?

Äh ...!

Hast du 'ne Ahnung, von welchem Clan wir sind, alter Sack?

Aua!

Ah!

Dass wir Männer ein Mahl am Tisch haben ...

Dieses Gesicht ...

Dadamm

Sie sind doch ...?

Hör gut zu, Bürschchen.

... durch die Straßen gehen können ...

... und erhobenen Hauptes ...

... die unsere Ehre beschützen.

... haben wir alles den Frauen zu verdanken ...

Bringt ruhig euren gesamten Clan her.

Sswt

Wer ist das?

Aber ihr Nichtsnutze versteht das anscheinend nicht.

Kommt nur.

Ich bin ein Mann, der sich den Dingen stellt.

Dodomm

Ah!

Uwah!

Verzei-hung!

Klatter

Bist du ver-letzt?

Nein.

Ngh!

Batsch

Das macht nichts!

Hach!

Ich dachte, die Polizei würde sie verschrecken ...

... aber der Stuhl ...

Es tut mir wirklich leid!

Ich bin froh ...

... dass du unversehrt bist.

Junge Dame!

Es ...

... tut mir leid.

Aber
...

Ich hatte
nicht vor
unhöflich
zu sein.

Tock

Nach-dem es jetzt raus ist ...

Oya.

Verzeih mir!

Ich verstehe ...

Ein anderer Mann hat Hand an dich gelegt?

Hrrm

Ah!

Aah!

... dass ich mich wieder besser fühle.

... musst du dafür sorgen ...

Tschirp

Tschirp

Tschirp

Tschirp

...

Hah

Hah

HFF

HFF

Es tut mir ...

Hah!

Wohl eher nicht ...

Ein Alb-traum?!

»Du solltest dich besser ...

... von Omi und den Yakuza fernhalten.«

Hä?

46

47

Seine
...

...
enorme
Autori-
tät.

Zitter

カタ

カタ

Zitter

...
spüre ich
sie klar und
deutlich.

Ich kann
nicht auf-
hören zu
zittern.

Aber
...

Ich hab
Angst.

Selbst
wenn
Sie
...

...
das von
mir verlan-
gen, kann
ich es nicht
tun.

Selbst wenn mich Oyas Vater nun verabscheuen sollte ...

... werde ich keinen Rückzieher machen.

Damit hätte ich rechnen müssen.

Hach

O...

Oya!

Omi.

Klatter

54

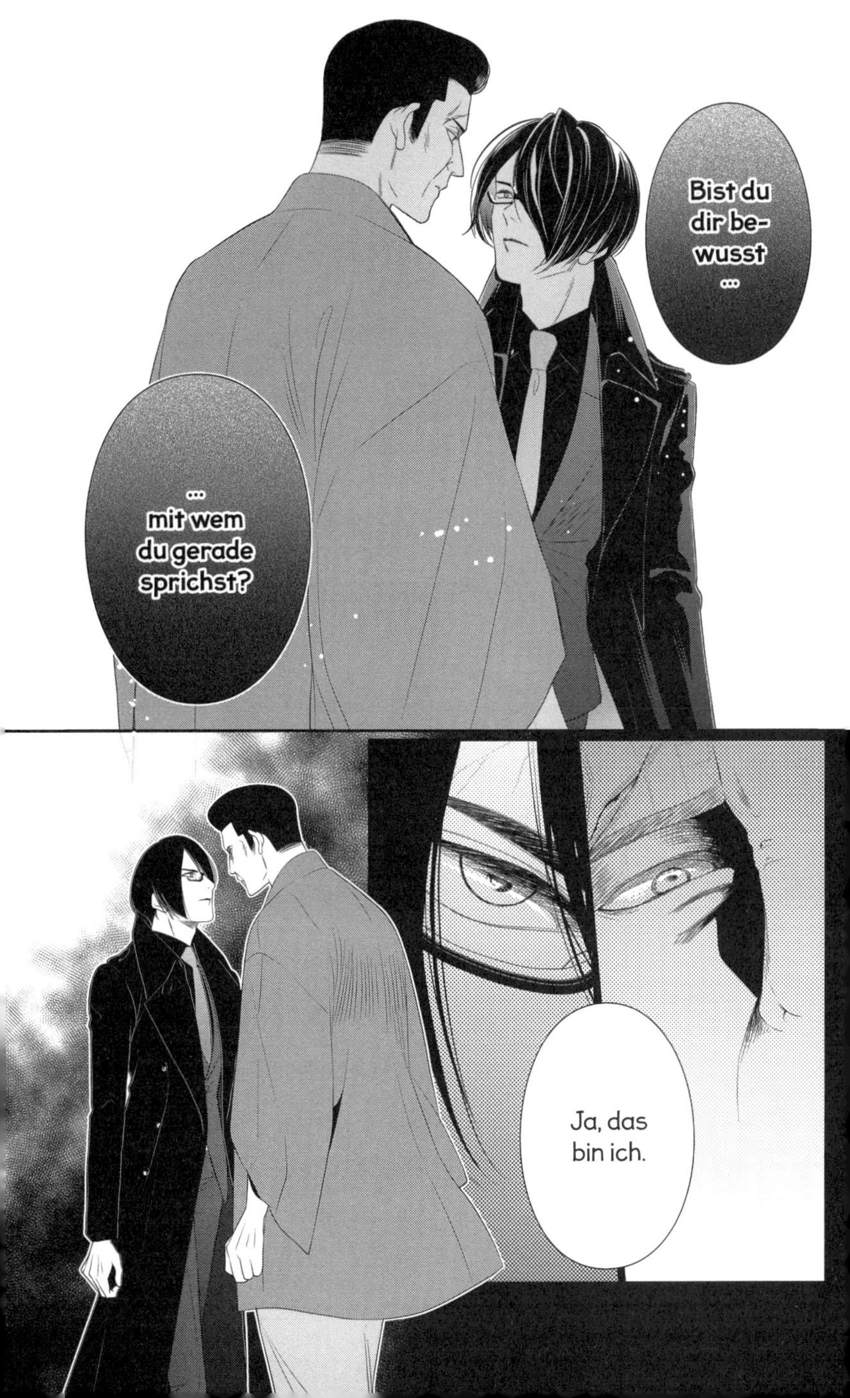
Bist du dir bewusst ...
... mit wem du gerade sprichst?
Ja, das bin ich.

Oya.

Ver-
ehrter
Herr
...!

Gwapp ギチギチ

Schon
gut.

Ich hab
mich bereits
beruhigt.

Verzeih
mir, Yuri.

... hat einen ausgezeichneten Überarmwurf hingelegt.

Bitte verzeihen Sie! Dieser Angriff ...

... ist auf meine Abwesenheit zurückzuführen.

Die junge Dame ...

Einen Überarmwurf?

Zuck

Warte hier, Yuri.

Ich komme bald wieder, verehrte Besitzerin.

J... Ja!

Omi.

Dodommm

Wenn du so eine hitzige Frau an deine Seite lässt ...

... wird sie noch zu deinem Schwachpunkt werden.

Und heute diese Kerle.

Zuerst die russische Mafia in Shanghai.

... dich von diesem Mädchen zu trennen.

Du wirst einmal den Clan anführen.

Du darfst auf keinen Fall sterben.

Darum befehle ich dir ...

Pfft

Ich soll das mit ihr einfach so beenden?

Deshalb kann ich dir darauf nur Folgendes entgegnen ...

Das könnte ich tun, aber ...

... sie würde mir das bestimmt nie verzeihen.

Fwapp

Du wirst staunen.

...unter- schätze sie besser nicht.

...Ich...

...ver- steh dich nicht.

Was nun?

Auf einmal interes- siert dich so was?

Hm

Wir bringen dem Abschaum Manieren bei.

Warum er das wohl getan hat?

Der Boss?

... dass es zu ihrem eigenen Schutz wäre.

Zu Yuri meinte Ihr verehrter Vater ...

Hm?

Verzeihen Sie meine Gedanken.

Warum er das wohl getan hat?

Vermutlich hätte er ihr sagen sollen, dass Sie durch Yuri in Gefahr gebracht würden.

Schon okay.

Ach, na ja.

Stimmt.

Oh, Mann!

Was geht nur in ihm vor?

Ich hätte Oyas Karte herzeigen sollen ...

... statt mit der Polizei zu drohen oder sie anzugreifen.

...

Er hat vermutlich alles mit angehört.

Freut mich, dass ich deine Energie wieder aufladen konnte.

Meine Stimme und mein Körper haben gezittert.

Zitter

Ich bin bestimmt nicht die perfekte Frau für dich.

... ich bin dumm und schwach und unwürdig, an deiner Seite zu sein.

Oya, ich ...

Ja!

Sag mal, Yuri.

Auch wenn dein Körper und deine Stimme noch so sehr zittern ...

... sagst du deinem Gegenüber stets, was du dir denkst. Wieso solltest du keine geeignete Partnerin für mich sein?

Ich habe mich über deine Worte gefreut, Yuri.

Was?

... bist ein unglaublich würdevoller Mensch.

Du bist nicht dumm.

Du ...

Danke,
Oya!

Mn

Mn

Hngh

Komm
her.

Jetzt
laden wir
deine Ener-
giereserven
auf.

Ich bin zwar nicht die perfekte Frau, Oya.

Aber ...

Ich liebe dich.

Ich liebe dich, Yuri.

... für dein Vertrauen in mich.

... ich dan- ke dir ...

Hah

Du hast
gelacht.

Hi
hi!

Das
kitzelt.

Küss ちゅ
Küss
ちゅ
クスクス Küss
Küss

Grins

Hm? Wo ist denn Choko?

Wow! Die sind alle für sie!

Gratulation zur Eröffnung Cerisier von Ikushima, Klub M

Cerisier von Nagatani, Klub M

VIP ROOM

Das war irgendwie klar.

Ich liebe dich, Oya!

Fsswt

Cerisier

Endlich konnte ich mir zwei ...

... meiner Träume erfüllen.

Nummer zwei:

Von Oya beschützt werden.

Nummer eins:

Meinen eigenen Laden eröffnen.

Fehlt
nur noch
Nummer
drei
...

Den
Gerüchten
zufolge
...

...
ist seine
Geliebte eine
Studentin.

Wapp

78

Fwuuh

Also sollte mein dritter Traum ebenfalls bald in Erfüllung gehen! ♡

Dann geh ich jetzt rein.

Danke fürs Heimbringen.

Pfft

Keine Ursache.

Nimm ein Bad und geh schlafen.

Es ist ziemlich kalt geworden, Yuri.

Sswt

Braves Mädchen.

Ha ha

テ" テ"

Strahl

Strahl

Mach ich!

Stimmt.

Er ist so lieb! ✿

Oya?

Äh?

Ähm.

...

Bald ist Dezember.

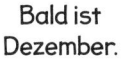

Alsooo ...

Pfft!

Was bedrückt dich denn?

Ähm.

Ich weiß, dass selbst so was Kleines wohl unmöglich ist.

Aber ...

Bamm

Ich will dir nämlich ...

... ich wollte dich trotzdem fragen ...

... nicht dass es doch irgendwie machbar ist.

... an Heiligabend »Frohe Weihnachten« wünschen.

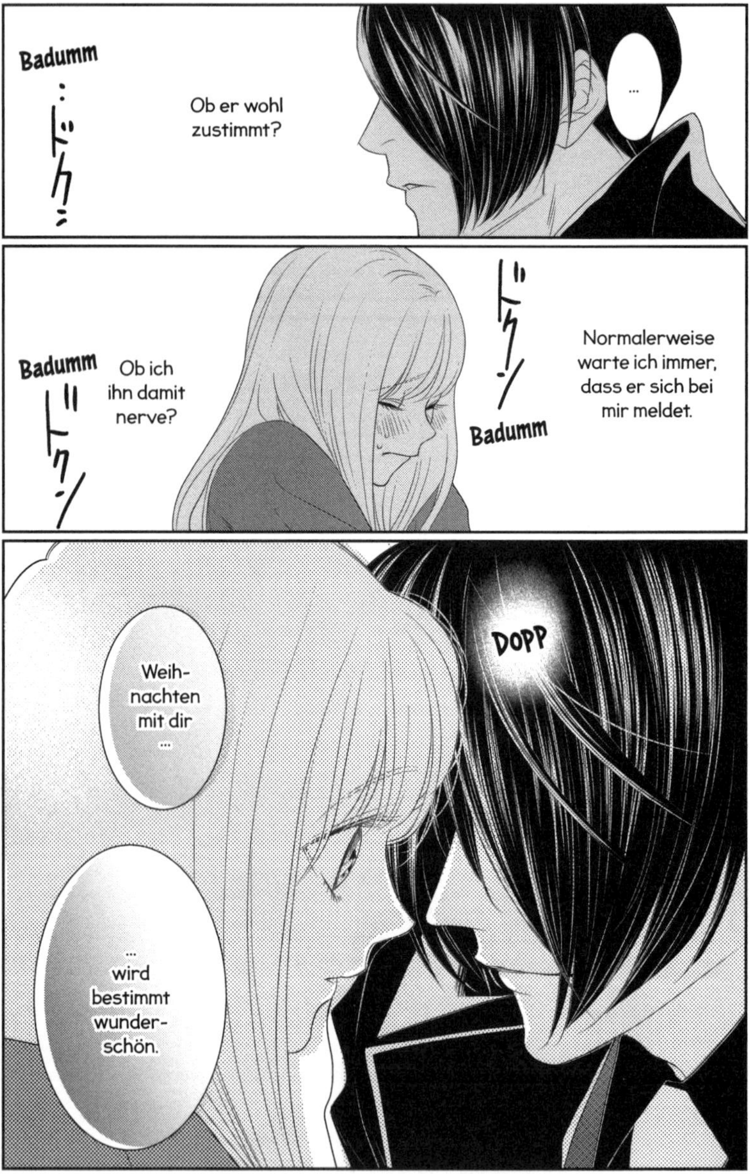

Badumm

Ob er wohl
zustimmt?

...

Badumm Ob ich
ihn damit
nerve?

Normalerweise
warte ich immer,
dass er sich bei
mir meldet.

Badumm

DOPP

Weih-
nachten
mit dir
...

... wird
bestimmt
wunder-
schön.

Nicht, dass sie ungefragt mein Handy durchschauen würden
...

... aber Vorsicht ist besser als Nachsicht.

Nick
Nick

Da meine Freunde meinen Kalender sehen könnten, darf ich nichts Genaues hineinschreiben.

25
Weihnachten   26

25
Weihnachten

»Weihnachten mit dir ...

... wird bestimmt wunderschön.«

Darauf kannst du dich verlassen, Oya.

Die Verabredung ...

... mit Oya steht.

Zeit, das Kochen zu üben!

WELCOME

Ich möchte Oya so richtig zum Strahlen bringen.

Dieses Weihnachten ...

Feuchtigkeitstücher. ♥

Massage.

Ich halt's kaum aus.

... soll aufregend und schön werden.

Gut gemacht, Yuri!

So lecker!

Perfekt.

Es soll das absolut perfekte ...

... Weihnachtsfest werden.

Ich wärme das Essen auf, sobald Oya kommt.

Bis dahin lass ich es im Kühlschrank.

... ist gedeckt!

Der Tisch ...

カ゛タ
カ゛タ
Zrrp
Zrrp

Den Baum näher zum Tisch ...

Das sieht gut aus!

Perfekt!

Oh!

Es schneit ziemlich heftig.

Swusch

Da muss ich kurz rausge...

Dann bleibt der Schnee wohl liegen.

Nein, ich hab mein Outfit doch extra für diesen Anlass gekauft.

Ratter

Wann er wohl heimkommt?

Tack

Tick

Hoffentlich verkühlt er sich nicht.

Hach, Oya ...

Ach was, er passt schon auf sich auf.

Ich freu mich schon so auf dich.

Frohe Weihnachten, Oya!

Was?

Du hast gekocht?

Ähm, also ...

Wenn du noch nicht gegessen haben solltest ...

Mir geht es auch so.

Ich hab mich doch auf das Essen gefreut.

Ha ha ha ha

Wink Wink

Uff, heiß!

Es ist schon lange her, dass wir gekuschelt haben, darum ist mir heiß geworden.

Dann werde ich anfangen, solange es heiß ist.

Jetzt ist nicht die Zeit, um schwach zu werden.

Ssswt

Ich werde das Fleisch anbraten, du kannst aber schon anfangen.

Ah!

Danke.

Badumm

Badumm

Schluck

Badumm

Badumm

Das hat er sicher gehört.

Äh ... Ich ...

Uwah!

Ah!

Ha ha ha!

Ha ha!

... nun ...

... ich musste ans Fleisch denken und ...

104

Ähm
...

Also dann, ich brate mal das Fleisch an.

Ja.

Ge-nau.

Ach so?

Wir haben es ...

... vor drei Monaten das letzte Mal ge-macht, oder?

Wapp

Äh?

Du, Yuri.

Badumm

Ich will, dass wir es tun ...

...
Oya!

... dich endlich ...

... in mir ...

... spü-ren.

Es ist nicht meine Absicht, dich zu ärgern.

Nicht nur ... ... deine Finger.

Ngh

Küss

Noch nicht, Yuri.

Ah!

Fltsch

110

Aber nach der langen Pause sollten wir es langsam angehen.

Ah!

Fwuaah

Er macht sich Sorgen um mich.

Yuri.

Das ging aber leicht.

Hm?

FWPP

Nh

Oya ist so einfühlsam.

Tschupp

Ah!
Oya!

Yuri.

Jede Faser meines Körpers hat sich nach dir gesehnt.

Diese Nacht ...

... wird ziemlich wild werden.

Ein besonderer Dank geht an:

- Euch Leser

- Die Redaktion von *Cheese!*

- Meinen Redakteur Morihara

- Meinen Redakteur Morihara

- Sato vom Bay Bridge Studio, zuständig für das Design

- Alle Mitwirkenden im Druckbereich

- Meine Assistenten:
  M. Ishida, M. Ishikura,
  K. Kawai, S. Nakanishi,
  R. Hurubayashi

- Meine Familie, meine Freunde, meine Katze, Rockmusik und Zigaretten

- Alle, die an der Realisierung von *Küsse & Schüsse* mitgewirkt haben

Ich danke euch!

Mino

Skizze vom Cover des 4. Bandes

Schuss
14

118

Unser erstes gemeinsames Weihnachten ...

Hah

Hah

Endlich! Drei Monate ist es her.

Mir ging's genau- so.

... begann mit heißem Sex.

ふにゃ

Fwuun

119

ちゅ Küss
ちゅ Küss
Aah
Hah
Yuri.
ちゅ Küss
Yuri.
ちゅ Küss
Yuri.
Ich bin ...
... so glück-lich.
Grroooll
Grrrrrm
Grrrrrm
Hrrrr

Wie lieb von dir.

Du hast mit dem Essen auf mich gewartet?!

Pfft

Dein Bauch meldet sich zu Wort.

Argh!

Wie peinlich!

Im Badezimmer ist es gleich viel lauter!

Grrrrrrr

An dich komme ich nicht ran.

Aber nicht doch.

Du bist so lieb.

Das klang wie der Schrei eines Monsters.

Grroll

121

Mn

Mhm

コホン
Räusper

Fwuaah
かあ

Ich geh mal raus und brate das Fleisch an.

Uwaah!
Sogar sein Magenknurren klingt niedlich!

Danke dir, Yuri ...

Ich freu mich darauf.

キュゥゥゥゥ
Fwuaaaah

Oya,
komm!

Gwapp

Gwapp

Tock
ゴゴ
ト…

Das
sieht
aber
lecker
aus.

Oya.

Was
denn,
Yuri?

Was
denn?!

Na
...

... das
hier!

124

Yuri.

Im Gegensatz zu anderen Paaren ...

Doch hier sind wir frei.

... und können nicht einfach durch die Stadt flanieren.

... müssen wir unsere Beziehung geheim halten ...

Die Torte ist auch klasse!

Das freut mich.

Verheißender Blick von unten. ♡

Würdest du mich füttern? ♡

FWPP

Oya? ♡

Ja?

Mjaa! ♡

Hamm

Natürlich. Hier ...

Küss

Mn!

Ich hab das Gefühl ...

... er strahlt noch mehr als sonst.

Ha ha!

SWP
SWP

Fwuun

Schnurr
Schnurr
Schnurr

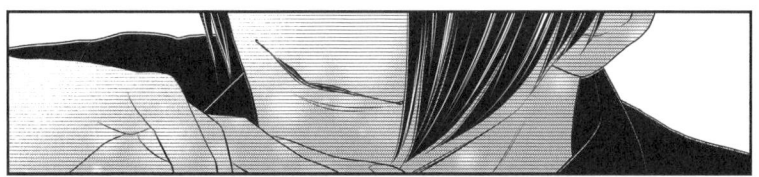

Wollen wir
eine Schnee-
ballschlacht
machen?

Wie
?!

Oh, die
Vorberei-
tungen sind
wohl abge-
schlossen.

Bwwt

Bwwt

Äh?

Mit
dir?!

137

Zeit für eine Schneeballschlacht!

Ich bin sooo aufgeregt!

Durch die Beleuchtung ist er total im Weihnachtsfieber!

Bwatz

Dann auch noch eine Schneeballschlacht!

Auch bei Oya schrecke ich nicht zurück.

Los geht's!

uw

... einen Schneeball!

Oya macht ...

Ah!

aaaah

Komme!

Hi hi

Ich dich auch nicht.

Es geht nicht. Ich kann dich nicht bewerfen.

Unser Schneemann!

Sehr gerne. Ich mach den Körper, okay?

Wollen wir stattdessen einen Schneemann bauen?

Dann mach ich den Kopf.

Aber nicht doch.

War ein dummer Vorschlag, tut mir leid.

Lins

...

Roll
Roll

140

... diesen besonderen Tag ...

... mein Leben lang nicht vergessen.

Auch nicht meine Freunde.

Niemand weiß davon.

Das ist tatsächlich ...

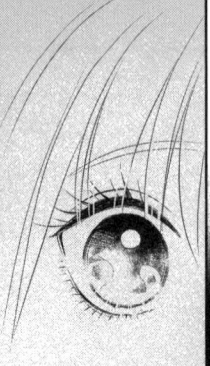

Ich würde mich freuen, wenn du auch kommst.

Jedes Jahr ...

... gibt es eine große Feier mit dem gesamten Oya-Clan.

Keine Feier zu zweit.

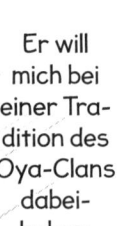

Ich hätte dich gerne dabei, aber ich zwinge dich zu nichts.

Er will mich bei einer Tradition des Oya-Clans dabeihaben.

Ich muss das nicht unbedingt haben ...

... aber meine Gefolgsleute lassen nicht locker.

Küsse & Schüsse 4 *Ende*

Extraschuss
—Rast—

Außerdem ...

Bamm

Wir sehen uns normalerweise nur alle ein bis zwei Monate.

... sehr beschäftigt.

Jetzt sind noch nicht mal zwei Wochen vergangen.

... bin ich überglücklich, dass er unversehrt ist.

Wollen wir was unternehmen? ♡

Huiui! ♪ Du bist aber süß!

Kwiie

Anstelle meiner Geliebten ...

D... Die Yakuza?!

... werde ich für den Schaden aufkommen.

Darum gib mir doch bitte deine Telefonnummer.

Batamm

Was ?!

Leider habe ich nur 30 Minuten.

Du kommst mich besuchen, obwohl du kaum Zeit hast.

Ich könnte platzen vor Glück!

Danke schön, Oya!

Domm

Hi hi

Das heißt, wir plaudern heute im Auto ...

Du bist aber fies, Yuri.

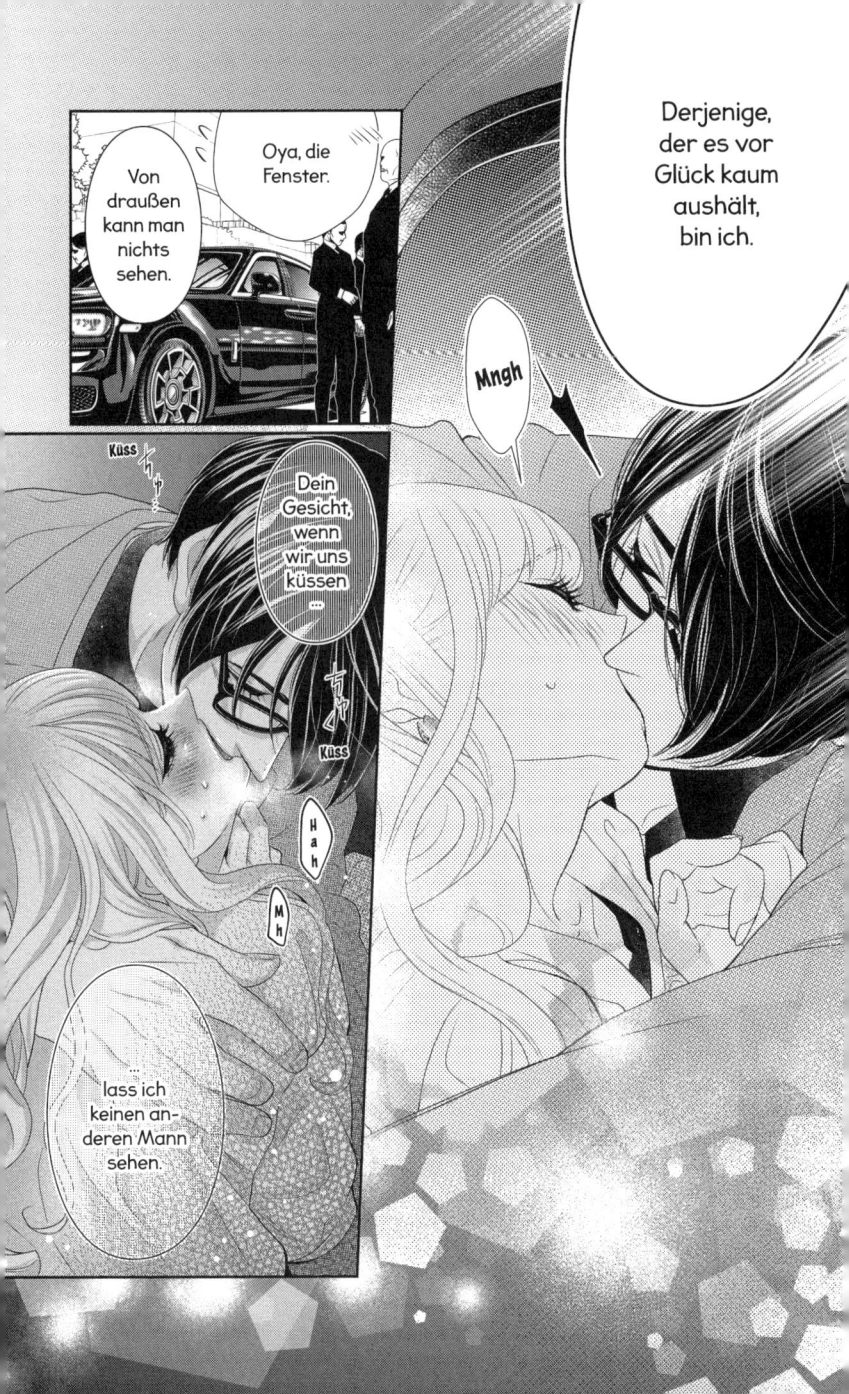

Sniff すり
すり Sniff

Yuri. Yuri. Das beruhigt mich.

Ah. Ah!

Er schmiegt sich an mich.

Whapp

Ah!

Komm her, Yuri.

B...

Braver Junge.

Er ist wohl müde von der Arbeit.

Streich なでり

Das freut mich! Sonst ist es nämlich immer umgekehrt!

なでり Streich

Sag es ein-fach.

Sonst noch et-was, was ich tun kann?

Egal was.

Für dich doch immer!

Sein Blick. Hach!

Uwaaah!

なでなでなでなでなで!!

Wenn du so fragst.

Denn es könnte immerhin ...

166

Über
Nozomi Mino

● Geboren am 12. Februar (Wasser-
mann). Blutgruppe B. Kommt aus Himeji
(Präfektur Hyogo). Macht gerne Spritz-
touren mit dem Auto. Café-Junkie.
● Erstlingswerk *O Manten* (erschien
im Mai 2006 im *Cheese!*-Magazin)
● Hat eine aktuell laufende Serie bei
Cheese!

Autorengruß

Danke für eure Fanpost! Im vierten Band
dreht sich alles um die Begegnung mit
dem Clanboss und das Weihnachtsfest.
Viel Spaß beim Lesen! Auf dem Bild seht
ihr einen Strauß getrockneter Blumen,
den ich geschenkt bekommen habe.

Meine manchmal etwas anstrengende Verlobte

Story: Monaka Toyama | Artwork: Midori Shiino

Shino wünscht sich nichts sehnlicher als eine Romanze wie in einem Manga. Doch ihre arrangierte Verlobung mit dem Vertriebsangestellten Hajime läuft nicht gut. Als dann noch die neue Mitarbeiterin Yui von Hajime eingearbeitet werden soll und ihm schöne Augen macht, dämmert es ihr: Sie ist nicht die romantische Heldin, sondern die unbeliebte Rivalin!

Nur du darfst mich fesseln

Erin Kijima

Kaori ist schon lange heimlich in den Mann ihrer Schwester verliebt. Als die Ehe der beiden in die Brüche geht, wittert sie ihre Chance und möchte die neue Muse ihres Ex-Schwagers werden. Doch der kann nur das malen, was ihm gehört. Ist Kaori bereit, ihm alles zu geben, wonach er verlangt …?

30 – Ein Traum von Liebe

Akimi Hata

Shino ist dreißig, im Beruf sehr erfolgreich, aber immer noch Single. Ihre Familie und ihr Umfeld sind der Meinung, sie sollte nun langsam auch heiraten. Und eigentlich denkt Shino das irgendwie auch, da sie es gern geordnet mag. Da spricht sie eines Abends der fast zehn Jahre jüngere Mayuki an und bittet sie, seine Freundin zu werden. So ein junger Kerl ist natürlich nichts zum Heiraten, aber vielleicht hat er ja andere Vorzüge ...?

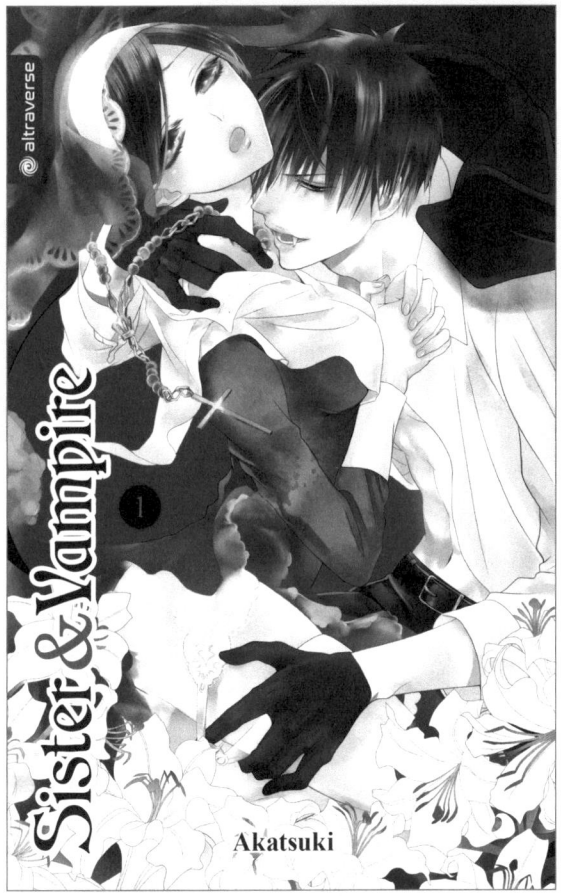

Sister & Vampire

Akatsuki

Ein Vampir treibt sein Unwesen und auch Ordensschwester Erna fällt ihm
zum Opfer. Doch der verführerische Richter verschont sie und Erna meint,
sein gutes Herz zu erkennen. Um ihn zu bekehren, folgt sie ihm und trotzt
jeder Gefahr. Wird es ihr gelingen, ihn zu läutern, oder wird sie am Ende
selbst auf die dunkle Seite gezogen werden?

altraverse

Deutsche Ausgabe / German Edition
Altraverse GmbH – Hamburg 2021
Aus dem Japanischen von Victoria Zach

KOI TO DANGAN Vol. 4 by Nozomi MINO
© 2019 Nozomi MINO
All rights reserved.
Original Japanese edition published by SHOGAKUKAN.
German translation rights arranged with SHOGAKUKAN
through The Kashima Agency.
Original Cover Design: Chie SATO + Bay Bridge Studio

Redaktion: Anne Faltin
Herstellung: Madlyn Weyhe
Lettering: Vibrant Publishing Studio

Druck: CPI books GmbH, Leck
Printed in Germany

ISBN: 978-3-96358-949-2
1. Auflage 2021

www.altraverse.de